Rudimentär

August Stramm

Personen.

Ein Ehepaar und ein Kind.

Ein Chauffeur und ein Hund.

Dachzimmer; links das Fenster, rechts die Tür. Die hintere Wand schrägt in halber Höhe zur Decke. Die Tapete hängt in Fetzen herab.

An der Hinterwand Schrankspind, Bett und Herd mit kleinem Gaskocher; zwischen Herd und Tür der Ausguß. Tisch mit zerbrochenem Stuhl und Schemel in der Mitte; auf dem Tisch Speisereste, Papier und schadhaftes Geschirr. Im Bett unter einer Decke der Mann an der Wand, die Frau vorn und das eingebündelte Kind quer am Fußende.

DER MANN *stiert vom Bett auf einen Zeitungsfleck, der unmittelbar über dem Bette unter der herabhängenden Tapete sichtbar ist; nach einer Weile stößt er die Frau an.* ... Merkst de wat? ...

DIE FRAU *liegt zusammengekrümmt, das Gesicht in den Kissen vergraben.* ... Laß mir!

ER *zieht den Tapetenfetzen niedriger, um die Zeitung besser sehen zu können.* ...

SIE *unwillig.* ... Wat machst de imma?

ER *auf die Zeitung stierend.* ... Een vafluchtet Wort ...

SIE *aufmerkend.* ... Wat n Wort?

ER. Kuck hier ... *Fährt mit dem Finger über die Zeitung und buchstabiert.* ... ru ... de ... m ... en ... tär ... rudeménter ... wie dät klingt ...?

SIE *wühlt sich wieder in das Kissen.* ... Du bis varickt ...

ER *wirft sich rum.* ... Ick krieg keen Ruh nich ...

SIE. Mach n Knoten!

ER *schlägt mit der Faust auf die Zeitung.* ... Dreck! *Und dreht sich zur Wand.*

Nach einer Weile fährt sie plötzlich hoch.

SIE. Herrjotte nee! ... de Wohnung! ... wie se aussieht! ... ick hab ja nich ausjefejt ... nich! ... eejentlich ... wenn se uns nu findn ... ma mißt doch ... *Sie stellt die Füße zur Erde, bleibt aber auf der Bettkante sitzen.* n reenet Hemd ... un so ... un ... *Ihr wird plötzlich weinerlich weh.* ... et soll nich heeßen ... nee ... et warn doch ordentliche Leite ... solln se sagen ... dät laß ick nich uff mir sitzen. *Sie schluchzt laut auf.*

ER *ohne sich zu rühren.* ... Nu ... kriegst dus varickt? ... machn Hahn zu ... wenigstens ... et steijt eenn schonst in de Neese ... *Er niest umständlich laut und dreht sich faul auf den Rücken.*

SIE *in Unterrock, Hemd und Strümpfen geht zum Herd und dreht den Hahn am Gasauslaß zu, wobei sie den Kopf abwendet.* ... Mir ... is ... schon janz schlecht ...

ER *in Hemd und Hose, wälzt sich nach vorne zur Bettkante.* ... Machs Fenster uff!

SIE *streift ein Paar Schuhe über.*

ER *starrt auf dem Bauche liegend vom Bett zur Erde, greift plötzlich zum Fußboden und hebt eine Zigarette, die am Bettpfosten lag, auf. ...* Nu ... eener ... *Er steckt die Zigarette in den Mund und sucht in den Taschen, während er sich langsam faul vom Bette auf die Füße wälzt, nach Zündhölzern; nach längerem Herumsuchen zieht er ein zerbrochenes Streichholz aus der Tasche des Rockes, mit dem das Kind zugedeckt war, tritt zum Tisch, wischt mit dem Ärmel über die Tischkante und setzt das Streichholz an; er stockt aber erschrocken und schaut auf seine Frau. ...* na ... willst de nich? ... vorwärts ... sonst jeht dir der janze Kasten in de Luft.

SIE *hastet zum Fenster und öffnet es.*

ER *tritt ans Fenster und schöpft tief aufatmend Luft. ...* A ... dät zieht durch! ... *Er reibt das Zündholz auf dem Fensterbrett und zündet die Zigarette an.*

SIE *stellt eifrig das Geschirr auf dem Tisch völlig zweck- und sinnlos durcheinander und wirft Wurstpapiere und Abfälle auf die Erde, keifend. ...* Aber dät sag ick dir ... wenn ick erst Ordnung hab ... Ordnung ...

ER *bläst behaglich den Rauch zum Fenster raus.*

SIE *nimmt aus der aufgerissenen Schublade eine kleine Flasche, hebt sie prüfend hoch und stößt einen freudigen Schrei aus.* ... Ho ... hier ... wahrhaftig ... Korn ... da is ja noch ...

ER *ist mit einem Satze bei ihr, entreißt ihr die Flasche, entkorkt sie, riecht und nimmt einen kräftigen Schluck.*

SIE *hält ihm die Flasche fest.* ... Mir ooch ... mir ...

ER *setzt schmatzend ab.*

SIE *trinkt den Rest.*

ER *hustet leicht.* ... Schafsköppe ... wir ... solang der Mensch noch Schnaps hat ...

SIE. ... Jewiß ... wir kennten so scheen lebn ... so ...

ER *wie nachdenklich.* ... Lebn ... *Fährt plötzlich auf und stößt sie vor die Brust, daß sie taumelt.* ... lebn ... mit son Schticke ...? ...

SIE *aufkeifend.* ... Laß mir ...

ER *knufft auf die Zurückweichende ein.* Son Schticke ... dat sich rumtreibt ... mit andere Kerls abgibt ... son ...

SIE *trumpft immer dagegen.* ... Son Schtrolch ... son Lump ...! ... soll ick trei ... sind ...?! *Sie haut mehrfach höhnend ihm vor der Nase in die flache Hand.* ... nich in de la mäng! ... nich in ...

ER *packt sie würgend.* ... Ick schlag dir dod ... ick mach dir ... *Er holt zum Schlage aus.*

SIE *entwindet sich ihm und flüchtet zur Tür.* ... Du Patron du ... Patron ... ick schrei ... *Sie entriegelt die Tür.*

ER *nimmt den Stuhl und schlägt ihn zwischen das Geschirr auf dem Tisch, daß Stuhl und Geschirr in Trümmer gehen.* Weib!

SIE *eilt zurück und hält ihm den wieder ausholenden Arm.* ... Dät Jeschirr! ... de juten Tassen!

ER *packt sie.*

SIE *sucht sich ihm zu entwinden und strebt auf das Fenster zu.* ... Ick spring aust Fenster! ... Hilfe! ... Hilfe!

ER *packt sie hinterrücks bei den Haaren und wirft sie vor dem Fenster zu Boden.* ... Willst du dei Maul halten ...! ... willst du ... *Schlägt mit der Faust auf die am Boden in sich Zusammenkauernde und nur leise Wimmernde ein.* ... du ... *Dann läßt er erschöpft von ihr ab und setzt sich auf den Schemel hinterm Tisch, den Kopf auf beide Hände gestützt, ins Leere starrend und keuchend vor Erschöpfung.* ... son ... so muß man sich uffrejen ... wejen ... da soll eener bei Vaschtand bleibn ...

SIE *richtet sich langsam und vorsichtig wieder auf und reibt sich stöhnend die geschlagenen Körperstellen.*

ER *schlägt mit der Faust auf den Tisch und wendet den Kopf nach ihr.*

SIE *drückt sich verstummend scheu unter das Fenster.*

ER *nimmt seine vorige Haltung wieder ein.*

SIE *sucht lautlos unbemerkt hinter ihm vorbeizuschleichen; als sie hinter ihm ist, greift sie plötzlich aufschreckend seine rechte Hand. ...* Willi ... du blutst ja ...! Willi ... nu kuck ... o ... un so viel ...

ER *sieht überrascht auf seine Hand, an der Blut herunterläuft.*

SIE. Du hast dir inn Scherben jehaun ... *Sie nimmt ein zerbrochenes Waschbecken unterm Bett vor, läßt etwas Wasser an der Leitung hineinlaufen und stellt es auf den Tisch, dann springt sie zum Wandschrank, nimmt einen Fetzen Leinwand heraus, reißt ihn in mehrere Streifen und wäscht ihm die Hand. ...* nu nich ... Willi ... son Jeblute ...

ER *hat ihrem Beginnen gleichmütig zugesehen und blickt jetzt aufmerksam zum Spind rüber. ...* Du hast ja noch Wäsch im Spind ...

SIE *ohne aufzublicken, ihn verbindend. ...* Nu nich ...

ER *ruhig. ...* Janz feine Wäsch ...

SIE *hält inne und starrt ihn an.*

ER *weicht aus.* ... Nu ...

ER *prüft dann ihre Figur mit den Blicken.* ... Wie du noch ausschaust ...

SIE *verständnislos.* ... Ick ... ick ... *Sie bricht plötzlich in Tränen aus.* ... Willi ... *Sie wirft sich ihm schluchzend um den Hals.* ... nee ... Willi ... da kann mir eener jeben ... Willi ... *Küßt ihn.* ... mein lieben Willi ... ick kann ja doch keen andern jut sind ...

ER *tätschelt sie.* ... Nu ... laß man ... *Er klopft sie zärtlich ab.* ... da is doch noch wat dran ...

    Er erhebt sich und drängt sie zärtlich zum Bett hin.

SIE *hingegeben.* ... Ach ... Willi ... *Indem sie sich auf die Bettkante setzt, fällt ihr Blick auf das quer am Fußende liegende Kind.* ... nu ... kuck ... doch ... Fränzchen *Sie beugt sich über das Kind.* ...

ER *blickt hin und ist einen Augenblick überrascht.* ... Jotte nee ... *Er befühlt es.* ... et is ...

SIE *wirft sich mit einem Aufschrei über das Kind.* ... Fränzchen! ... Jotte ... Fränzchen! ...

ER *sein Blick wird wieder durch das Wort an der Wand gefesselt, abwesend.* ... Rude ... *Wieder erwachend.* ... weiß der Deubel!

SIE *jammernd.* ... Wir habn dir jemordet!

ER *roh.* ... Schrei nich ...

Ein Hund winselt schwach unter dem Bette.

ER *stößt mit dem Fuß unter das Bett.* ... Kusch dich!

SIE *unter Schluchzen.* Wat winselt Molli so? ... denn so? ...

ER. Er riecht dn Dod!

SIE *richtet sich hoch, nimmt das Kind auf den Arm und küßt es; dann bückt sie sich impulsiv zum Bettrande und zeigt das Kind unters Bett.* ... Ja ... Molli ... kuck ... Fränzchen is dod ... *Schluchzt.* ... och ... unser Fränzchen is dod ...

ER *stiert wieder gebannt auf den Fleck an der Wand, hebt den Papierfetzen hoch und liest.* ... Kon ...

SIE *wütend.* ... Nu ... laß mir aber ... vadammt ... mit dei Faxn!

ER *wütend.* ... Teufel ... ob mir wat sagen tät. *Er dreht sich brüsk um.*

SIE *preßt winselnd das Kind an sich.* ... Ick hab ooch keen Lust nich mehr ... nich mehr ...

ER *ist zum Spind getreten, steht davor und faßt hinein.* ... Du ... Päte jibt immer noch drei Märker ...

SIE *wütend.* Laß mei Wäsch ...

ER *gleichmütig.* ... Nu nich ... eejentlich wir kennten uns noch n juten Dag machen ...

SIE *legt das Kind schnell hin und läuft zu ihm.* ... Drei Märker ... meenst de wirklich?

ER *nickt.* ... Bei Moses ...

SIE *nimmt die Wäsche und eine Bluse aus dem Spind und legt alles auf einen Haufen.* ... So ... denn ...

ER *nimmt den Rock vom Bett, zieht ihn an und setzt sich die Mütze auf.*

SIE *will zum Fenster gehen.* ... Dät is immer noch ne Luft hier ... *Ihr Blick fällt zufällig auf Fränzchen.* ... achott! ... Fränzchen! *Sie setzt sich neben das Kind aufs Bett.* ... nee ... et hat ooch keenen Zweck nich ...

ER *nimmt das Wäschebündel untern Arm und will rausgehen.*

SIE *schreckt auf.* ... Du ... Willi ... nee ... wart ... wat zieh ick denn an? ... *Sie geht ihm nach.* ... wir missen uns doch ... wenn se uns nu findn ... und ick hab nischt anders ... *Sie nimmt ihm das Bündel unterm Arm fort und beginnt die Bluse anzuziehen.*

ER *steht an der Tür, starrt sie an und steckt die Hände in die Hosentaschen.*

SIE. Weest de noch ... Willi ...? ... de Sonntagsbluse ...? de hast du mr jeschenkt ... *Sie nimmt einen Kleiderrock, der über der Bettkante hängt und zieht ihn an, stellt sich dann mit dem Rücken vor ihren Mann hin.* ... du ...

ER *knöpft ihr die Bluse zu.*

SIE *sich zurechtzupfend.* ... Anstand muß sin ... un ... *Sie zieht die Tischschublade vor, kramt darin rum und hebt eine Kette heraus.* ... sieh ... de Kette ... tu ick ooch um ... dät Jold is runter ... aber et sieht doch jut aus ... nich? *Sie legt die Kette um und stellt sich kokett vor ihn hin.*

ER *nickt, fährt ihr übers Haar und wirft sich dann   wieder aufs Bett, auf dem Bauche liegenbleibend.*

SIE *zärtlich, deckt ihn zu.* ... Jo ... Williken ... ick deck dir zu ... *Sie wickelt das Kind ein und legt es zum Fußende.* ... jo ... Fränzel ... schtill ... Vater un Mutter ... kommen nu ooch schon ... *Sie legt das Kind hin und läßt sich dann selbst ganz erschöpft aufs Bett fallen.* ... ach ... Jott ... mir is schon janz schlecht ... wirklich dät Jas is nu aber zu mächtig jeworden ...

ER *hebt den Kopf.* ... Du bis varickt! ... hastn Hahn uffjedreht unds Fenster zujemacht? ...

SIE *springt auf.* ... Ach ... Jotte ... nee ...

CHAUFFEUR *stößt die Tür auf und poltert herein; er stutzt.* ... Na ... nu ... du liejst noch im Bette? son fauler Hund! *Er sieht die Scherben auf dem Tisch, das blutige Tuch und das Waschbecken; er lacht auf.* ... oah ... hier hats schon Arbeit jemacht? an frihen Sonntagsmorjen? ei weih!

SIE *nimmt schnell die Schüssel und das Tuch, gießt das Wasser in den Ausguß.* ... Wir nee ... wat ... *Herausstoßend.* ... wir wollen uns neuet Jeschirr koofen ...

CHAUFFEUR *lacht derb auf und tritt mit dem Fuß die auf der Erde liegenden Scherben noch kleiner.* ... Na denn man zu ... habtr noch mehr ... nehmt nicht iebel! *Er zieht eine kurze Pfeife aus der Rocktasche, klopft sie in die hohle Hand aus, holt Tabak hervor, stopft die Pfeife und setzt sich aufs Bett.*

SIE *geschäftig umherrennend.* ... Ja jewiß ... Willi hat Schtellung ...

CHAUFFEUR *horcht auf.* ... Wat Schtellung? *Er dreht sich zu dem Mann um, der gleichmütig das Gesicht zur Wand gekehrt liegengeblieben ist, und knufft ihn derb in die Seite.* du ... schteh uff ... eenen ausjeben ... uff *Er zündet sich die Pfeife an.* ... de Schtellung ...

ER *wälzt sich auf die andere Seite.* ... Wat jiebst de Vorschuß?

CHAUFFEUR *lacht.* Dir? ... nich ne Laus uffm Kopp!

ER *gähnt faul.*

CHAUFFEUR *schiebt die Hand in seine Tasche und klimpert.*

SIE *starrt gespannt auf seine Bewegungen.*

ER *richtet sich mit jähem Schwung im Bette auf.*

CHAUFFEUR *lacht protzig.* Aber ... wo ... mir sollt ... nich druff ankommen ...! Fuhren jehabt heit Nacht ...! wer nich lebt ... magn Hund sin ... *Er wirft einen Taler auf den Tisch.*

SIE *stürzt drauf.* ... N Daler!

ER *ist aus dem Bett.* ... Her damit ...

SIE. Ick ...

ER *windet ihr den Taler aus der Hand, drohend.* Mach keen Jequatsche ...

CHAUFFEUR *sieht lachend zu.* Na ... denn holt man n ordntlichen Kümmel ...

Er hat schon die Mütze aufgesetzt und geht raus.

SIE *ruft hinter ihm nach.* ... Du ... Butter ... un Brot ... un Eier ... un Speck ... *Sie setzt zum Chauffeur erklärend hinzu.* ... wir habn nemlich noch nischt jejessen ... in all de Uffrejung ...

Er verschwindet.

CHAUFFEUR *lacht.* ... Kannk mer schon denken ... un so fein hast dr jemacht?

SIE *räumt die Scherben vom Tisch und wirft sie in die Ofenecke.* Heit is doch Feierdag ...

CHAUFFEUR. Feierdag ... ja. *Er faßt sie, die gerade vor ihm den Tisch abräumt, am Rock und zieht sie zu sich.* deine Bluse ...

SIE. Denn hak se man in ... *Sich sträubend.* ... du ... du ... knöppst mr ja uff!

CHAUFFEUR. A! ... hast dun blanket Fell!

Sie entwindet sich ihm, er zieht sie aber neben sich aufs Bett.

SIE *wehrt sich.* ... Nee ... du ... nich ... er kann jeden Oogenblick ... t is keen Verlaß uff ihm ...

CHAUFFEUR. Ick hau m eenen uffn Kürbis ...

SIE. Nee ... nee ... *Entwindet sich ihm.* ... heit abend ... sicher ...

CHAUFFEUR *droht.* Du ...

SIE *bringt ihre Kleider in Ordnung, beleidigt.* ... Wat ick doch vaschpreche ...

CHAUFFEUR. T soll dr nich leid tun!

SIE *empört.* ... s o meenst de dät? ... Jeld? ... ick? ... ick bin ne anständije Frau ...

CHAUFFEUR *ruhig, behäbig.* ... I ... wo ... nich ... Marjell! *Er zieht eine Handvoll Münzen aus der Tasche.*

SIE *tritt mit gespanntem Blick näher.*

CHAUFFEUR. Kumm ... zwei Märker ... schenk ick dir ...

SIE *nimmt hastig das Geld und steckt es ein.*

CHAUFFEUR. Aber dat de dir fein machst ... *Rechnet.* un de drei Märker vorhin ...?

SIE *nimmt liebkosend die Wäschestücke, die noch über der Bettkante hängen, und legt sie in das Spind. ...* Sollst dir nich beklagen ...

CHAUFFEUR. Wat legst denn weg da? ...

SIE. Oh ... dät zieh ick an ... *Vorwurfsvoll.* un Willi wollt et vakloppen ...

CHAUFFEUR *grinst.* ... Vakloppen? ...

SIE *räumt.* ... Oh ... Willi ... er meint ... un ick soll ooch wat vadienen ...

CHAUFFEUR *nimmt die Pfeife aus dem Mund.* ... Wa? ... woso?

SIE *scharwenzelt.* ... Warum ... un ... ick ... warum nich? ...

CHAUFFEUR *steht auf.* ... Ach so ... pfeift der Wind ... *Roh.* ... also dät sag ick dir ... solang wir beide wat habn ...

SIE. Wat? ... du? ... ick ...

CHAUFFEUR *packt ihren Arm, aufgeregt.* Ick ... vaschtehst de? ick will mein Weib for mir habn, va ...

SIE *keift dagegen.* ... Du kannst mir ... du kannst mir ... un wenn ick will ... un ick jeh ... wenn ick Jeld vadienen kann ...

> *Chauffeur haut ihr eine schallende Ohrfeige runter.*
> *Sie heult kreischend auf und hält sich die Backe.*

ER *tritt in diesem Augenblick in die Tür, eine Flasche und einige Päckchen im Arm und in den Händen.* ... Wat is h i e r los?

SIE. Willi ... Willi ... er hat mir beleidigt ... er hat jesagt ... ick soll nich uff de Schtraße jehn ... dann haut er mir ...

> *Chauffeur hat sie losgelassen und sich wieder aufs Bett gesetzt.*

ER *wirft die Paketchen auf den Tisch, stellt die Flasche hin und setzt die Mütze in den Nacken.* Mensch! ... du willst hier?! ... meine Sachen?! ... da is ja ...! mit mein Weib mach ick ... wat i c k will! ... vaschtehst de? *Haut auf den Tisch.* wat i c k will! un warum s o l l se nich jehn? ... is se nich noch jut wie ne andere? ... bekiek se dir mal an ... *Er nimmt seine Frau am Arm und stößt sie dem Chauffeur zu.*

CHAUFFEUR *stößt sie unwillig zurück.*

ER *aufgebracht.* ... Du willst mein Weib nich kieken? ... mein ...

CHAUFFEUR *ruhig und verdrießlich.* ... De zwei Märker soll se mir zurückjeben ... wo ick ihr Vorschuß jejeben hab ...

SIE *kreischt auf.* ... Dät is nich wahr! ... dät is nich wahr! ... zwei Märker hat er mir jejeben ... dät ick mit ihm zsammen sein sollt ... heit abend ... dä Lump! ... vafiehren wollt er mir!

ER *wirft wild seinen Rock ab.* ... Wat? ... aus d i e Luke kuckst de? ... mit mein Weib Schindluder treiben? ... willst du dein ... raus ... du Hund! *Er stürzt sich auf ihn.*

CHAUFFEUR *gibt ihm in aller Ruhe einen wuchtigen Stoß vor den Bauch, daß er in die Ecke fliegt.*

ER *schaut erstaunt leise wimmernd um sich und heult dann plötzlich laut auf.* ... O ... dät heeßt sich ... so wat ... Freindschaft ... mein Weib vafiehren ... mein ... *Er fährt plötzlich wütend auf.* ... du bis schuld ... alleen schuld ... *Er fährt auf seine Frau los, haut ihr eine runter und würgt sie.* ... wozu hast de deine faulen Knochens ...? ... warum kannst de nich ...?

CHAUFFEUR *ist ruhig aufgestanden, tritt an den Tisch, steckt die Paketchen ein und will auch die Flasche einstecken.*

ER *hält erschrocken ein, läßt seine Frau los und tritt an den Chauffeur ran.* ... Nee ... du ... dät tust de mir nich an! ... du ... ick ... bin immer dein Freund jewesen ... un ... *Als ob er sich besinnt und jetzt erst zum Bewußtsein des Geschehenen kommt.* ... wat is denn eejentlich passiert? ... ick weeß nich ... ick bin so uffjerejt ...

SIE *tritt ebenfalls, sich noch den Hals reibend, hinzu.* ... Nee ... du ... so lassen wir dir nich weg! ... dät war ja dat erschte Mal ... dät wir n juten Freind nischt vorjesetzt hätten ... *Sie nimmt ihm die Pakete aus der Tasche.* ... ick schlag dir schnell n paar Eier in de Pfanne!

CHAUFFEUR *sträubt sich.* ... Ick hab jenug von eich Sorte ...

ER *nimmt ihm die Flasche aus der Tasche, entkorkt sie und hält sie ihm hin.* ... Hier ... Bruderherz ... hier ... dät wär jelacht! nee ... nee ... *Er hält dem Chauffeur die Flasche an den Mund, so daß dieser gegen seinen Willen trinken muß.*

CHAUFFEUR *nimmt einen Schluck und wischt sich   den Mund.* ... Na ja ... *Dann gibt er die Flasche zurück, zieht seine Pfeife wieder vor und setzt sich auf den Bettrand.*

Sie hat inzwischen einen noch nicht ganz zerbrochenen Teller gefunden, wäscht ihn unter der Leitung ab und schickt sich an, die Eier hineinzuschlagen.

ER *trinkt.* ... Nee ... weest de ... mein juter Freind ... du kannst allens hier haben ... von mir ... wat de willst ... so war dät nich jemeent ... un mei Weib ...

SIE *nickt.* ... Ja ja ... *Nimmt ihm die Flasche ab und trinkt ebenfalls.*

CHAUFFEUR *blickt neben sich und sieht das eingebündelte Kind am Fußende des Bettes.* ... Wat is denn dät? ...

SIE *jammernd.* ... Achott! ... Fränzchen! ... unser Fränzchen!

CHAUFFEUR *lockert etwas die Umhüllung.* ... Dät kriegt ja keene Luft nich! *Er faßt es an.* ... dät ... is ... ja ...

ER *hat sich eine Scheibe Brot abgeschnitten und kaut, tritt jetzt an das Bett heran.* ... Dät hak ooch schon jesagt ...

SIE *eilt zum Bett, reißt das Kind hoch und preßt es an sich, weinend.* ... Ja ... unser Fränzchen ... mein Schtickelchen ...

Er tritt wieder zum Tisch, schneidet ein Stück Wurst ab, schmiert eine Brotschnitte dazu und ißt gleichmütig.

CHAUFFEUR. Wenn is et denn jeschtorben?

SIE *wiegt jammernd das tote Kind auf den Armen, während ihr die Tränen herunterkollern.* ... Wann ... wer weeß ... et war ja immer so schwach ... un ... *Sie bricht in die Knie, legt das Kind aufs Bett und ihren Kopf darauf.*

CHAUFFEUR *steht mit unbehaglichen Bewegungen auf.*

SIE *jammernd.* ... Wir ... wir ... wollten ... wir haddn ja keen Pfennig mehr int Haus ... un ... *Sie wird gleichmütig und steht auf.* ... un ... wir han Jashahn uffjedreht ...

CHAUFFEUR *nimmt die Pfeife aus dem Mund und schluckt etwas runter.* Hm! *Er schnüffelt in der Luft.*

SIE *legt das Kind wieder sorgsam ins Bett und deckt es zu.* ... Ja ... Fränzchen! ... schlaf ... ja ... jo ...

CHAUFFEUR *steckt die Pfeife ein.* ... Na ... da habtr eich wat scheens an Hals jeladen ...

Er hält mit Kauen ein und schaut ihn an.

SIE. ... Wa ...?

CHAUFFEUR *knöpft den Rock zu.* ... N paar Jährchen. Kindsmord!

SIE *schreit auf.* ... Mord!

ER *ist erst starr, dann dringt er auf die Frau ein.* ... Halt dei Maul! ... halt dei Maul! ... vafluchtet Jeschreie! ... *Er schlägt zu, trifft aber nicht, da die Frau sich auf das Bett fallen läßt und hinter dem Chauffeur verbirgt.*

CHAUFFEUR *nimmt einen Schluck aus der Flasche.* ... Wird eim vadammt koddrig bei! *Wendet sich zum Gehen.* will nischt mit ze dun ham! *Er stutzt und blickt auf den Fußboden zur Tür hin, die sich etwas bewegt hat.* ... wat war dät?

SIE *blickt zur Tür hin und dann schnell unters Bett.* Molli ... *Sie eilt zur Tür und ruft raus.* ... Molli ... Molli ... *Sie dreht sich weinend um und schließt die Tür.* ... nu is Molli ooch weg ...

CHAUFFEUR. ... Hat dä immer da unnert Bett jelejen?

ER *nickt kauend.*

CHAUFFEUR. ... Ooch ... mitn offenen Jashahn?

ER *nickt.* Nu jewiß!

SIE *heult.* ... Oh ... et war son treuet Vieh ... nich von de Stelle z bringen ... un nu ... *Sie geht zum Tisch, schmiert sich unter Tränen eine Stulle und beißt herzhaft hinein.* ... mit uns schterben wollt er ...

CHAUFFEUR *nachdenklich.* ... Wenn dä da drunner ... nich ... verreckt is ...

ER *kauend.* ... Son Viech hatn zähet Leben ...

CHAUFFEUR *schüttelt den Kopf, wendet sich dann, um auf andere Gedanken zu kommen, zu dem Mann.* ... Mensch ... ick denk du has Schtellung?

ER *immerzu kauend, sieht ihn erstaunt an.* ... Ick? ... *Besinnt sich.* ha ick ooch ... ha ick! ... ick werd Chauffeur!

CHAUFFEUR *faßt nach der Tischkante.* ... Du ...?! ... Mensch! bei hellen Dage?

ER *hantiert aufgeregt mit Wurst und Brot in der einen und dem Messer in der anderen Hand.* Wat? ... ick nich ...? ... ick ...?

SIE *dringt kauend auf den Chauffeur ein.* ... Mein Willi? ... dä kann mehr ... wie du aussiehst! *Auftrumpfend.* ... ja ... Chauffeur ... Willi ... Chauffeur ... bei Haase ...

ER *greift auf.* ... Ja ... bei Haase ... jewiß ... Dag un Nacht Haase! ...

Chauffeur steht sprachlos.

SIE *sieht den Teller, in den sie vorhin die Eier geschlagen hat.* Ach Jott ... de Rühreier ... *Sie quirlt mit einem Messerstiel die Eier.*

CHAUFFEUR *wütend.* Schwindel! ... infamigter Schwindel! ... un du drehst den Jashahn uff?!

ER *ereifert sich, ohne aber darüber das Essen zu vergessen, er schiebt ein Stück Wurst und Brot nach dem andern in den Mund.* ... Ick?! Jashahn?! wenn i c k will? ... *Er schlägt mit der Faust, in der er das Messer hält, auf den Tisch.* m e i n   J a s h a h n ? ... ick kann mit mein Jashahn machen, wat ... un ... un ... *Stößt immerzu bekräftigend das Messer auf den Tisch.* ... Schwindel ... allens Schwindel ... jewiß Schwindel! ... nich n Pfennig hak ... nich ne Ahnung von Schtellung ... un ick will ooch nich ... ick willt nich ... ick bün keen son Ochse ...! ... leb ick nich? ... *Er weist auf Wurst, Brot und Flasche.* ... jeht et uns nich jut? ... habn wir z sorgen? ...

SIE *vom Herd her, wo sie mit der Pfanne hantiert und inzwischen vergeblich versucht hat, das Gas anzuzünden.* ... Hat keener nich n Zindholz mehr? ... dät brennt ja nich! ... *Sie wirft eine leere Streichholzschachtel fort.*

CHAUFFEUR *zieht eine Streichholzschachtel aus der Hosentasche und versucht anzustecken.* ... Is ... der Hahn ooch uff?

SIE *prüft.* ... Nu jewiß doch ...

CHAUFFEUR *versucht mehrere Streichhölzer vergeblich.* ... Aber ... da ... is doch keen Jas nich ... wo ist denn der Jas?

SIE *schreit auf und schlägt die Hände überm Kopf zusammen.* ... Ach Jott ... ach Jott! ... dät hak doch janz vajessen ...! ... se habn uns doch j e s c h p e r r t ... jestern han se uns der Jas j e s c h p e r r t... weil wr de Rechnung nich zahln kunntn ...

CHAUFFEUR *starrt sie an, geht dann schweren Schrittes zum Bett und setzt sich nieder, daß es in allen Fugen kracht.* ... Nu brat mir eener n Storch ... un n recht fetten ...

SIE *schnell, erleuchtet.* ... Dann is Fränzchen ooch nich an den Jas jeschtorben! ...

Er starrt auf das Wort an der Wand und schüttelt den Kopf.

CHAUFFEUR. ... Nee ... dät is er nich! ...

Er erhebt sich mit einem scheuen Blick auf die Leiche.

ER *vorwurfsvoll zu ihr.* ... Dät is nu wieder dein Schlamperei!

SIE *tritt an das Bett und macht das Gesicht des Kindes zärtlich frei; dann steht sie mit gefalteten Händen davor, gerührt.* ... Du ... Willi ... nu kiek emal ... kiek emal ... unser Kind ... nu kiek doch bloß mal an ... wie nett er daliegt! ... eenes janz nadierlichen Dodes ... *Sie zieht ihren Mann am Rockärmel näher vors Bett.*

ER *starrt wieder auf den Fleck an der Wand, dann plötzlich.* ... Du ... sag emal ... weeßt de ... *Buchstabiert.* ... rudeménter ... du bis doch son halben Jelehrten ...

CHAUFFEUR *hat zusammenschauernd einen Schluck aus der Flasche genommen, tritt jetzt zu den beiden und sucht übertrieben lebhaft und laut bramarbasierend etwas von sich abzuschütteln.* Mensch, dät weest de nich? *Liest.* siehst de doch ... dät is wat ärztlichet ... Ärztekongreß ... in ... in ...

ER *ungeduldig.* Nu wat?!

CHAUFFEUR *überstürzt sich.* Oh ... dät kannk dr sagen ... dät kannk dr janz jenau sagen ... oh ... ick ... drei Jahre Saaldiener jewesen in de Charitee ... ick *Stellt sich in Positur.* also *Gewichtig.* ru- di-men-tär ... so heest dät ... is ... rudimentär ... dät is n Blinddarm ...

SIE *horcht auf.* N wat?

CHAUFFEUR. Ja n Blinddarm! son Ding, wat so rumbaumelt ... wozu? woso? ... wien Portmonä ... vaschtehst de ... Portmonä von dir ... vakommen ... wat een bloß lästig is ... mit sich rumschleppt um drieber z schtolpern *Er versetzt ihm jetzt immerzu Püffe.* ritsch ratsch! raus! mits jroße Messer! raus!

ER *sucht sich gegen die Püffe zu schützen und zieht sich immer mehr zur Tür hin.* Mensch!

CHAUFFEUR *ohne sich stören zu lassen, mit satanischer Lust.* Mensch! Mensch! wat menschen?! weest de, wat is menschen?

ER *krümmt sich vor Schmerzen.* ... Jo.. jo ...

CHAUFFEUR *gibt ihm noch einen letzten kräftigen Puff und setzt sich dann befriedigt.* Nu, wennt weest! imma bei de Sache bleiben! nich n Jashahn uffdrehn ohne Jas! nich Chauffeur machen im Bette! immern Hund anbinden! *Tippt sich mit dem Finger auf die Stirn.* denken! mei Jungeken! denken ...

SIE *stiert jetzt auch auf den Zeitungsfleck.* ... Jo ... jo rudelmang!

CHAUFFEUR *lacht roh.* Raus dermit! ja! dät is der Zimmt!

SIE *wird immer aufgeregter.* Raus! raus! Mensch, ick fühl mr ooch so manchmal ... *Bricht aus.* ja! wozu sind mr uff dr Welt? wat hat dät allens fiern Zweck? *Sie sieht plötzlich auf den Teller mit Eiern, den sie immer noch in der Hand hat.* o Jott! de scheenen Eier! *Sie stellt den Teller auf den Tisch und stockt erschrocken mit einem Blick auf das Kind.* wir missen doch Fränzchen anmelden bei de Polzei!

ER *stiert auf den Zeitungsfleck, reißt dann plötzlich wütend den Fetzen und mit dem nächsten Griff das Zeitungsblatt herunter, so daß die nackte ausgebröckelte Wand sichtbar wird, knüllt das Zeitungsblatt zusammen und stopft es in die Tasche, grob wütend.* Quatsch!

SIE *lebhaft, aufgeregt.* Ja! Quatsch! wir wolln jehn! *Schlägt plötzlich um.* nee! wir jehn n i c h! *Weint und schluchzt.* i c k will nich! ick will n i e mehr! dät hat doch allens keenen Zweck nich!

CHAUFFEUR *roh.* Wat Zweck?! *Greift in die Tasche und holt eine Handvoll Münzen heraus, die er in der hohlen Hand klappert und lacht gurgelnd stolz.*

SIE *schmiegt sich an ihn.* Du! du hast mir doch *Lebendig.* Willi! er hat mir injeladen! heite abend! dät kannr doch ooch jleich ... *Sie sucht in ihren Taschen.* oh! ... *Sie hebt triumphierend das Zweimarkstück in die Höhe.* ick hab ja noch zwei Märker! *Jubelt.* zwei Märker! Mensch! Willi! nun könn mr leben!

ER *setzt die Mütze grade, lacht und faßt sie um den Leib.* Oh! Mensch! wir leben!

CHAUFFEUR *unbehaglich.* Kommt mir man bloß aus de Bude hier raus! ick halt eich frei! alle frei! hier is man ja keen Mensch mehr! erst inn Tiergarten mit meine Karre! un denn ...

SIE *klatscht vor Vergnügen in die Hände.* O je Tiergarten! un denn *Fällt ihrem Mann um den Hals.* Willi! wat is n scheenet Leben!

ER *gutgelaunt.* Nu siehst de, Schticke!

SIE *eilig.* Komm! komm! *Ihr Blick fällt aufs Bett.* achott! Fränzchen!

Sie deckt ihn zu, kreischt aber im nächsten Moment laut auf und schüttelt sich vor Lachen.

CHAUFFEUR *schon in der Tür.* Na wat?!

SIE *lacht.* Willi! son jemeiner Mensch! er hat mir jekitzelt!

CHAUFFEUR *drängt.* Komm! ick ... ick ...! aber nich hier! *Schaudert mit einem Blick auf das Kind.* raus! raus! dät is der Zimmt! *Er zieht sie beide mit.* raus mit eich Schticker!

Alle drei gehen raus; sie lacht immer noch ausgelassen; der Schlüssel wird in der Tür umgedreht; dann gellt das Kreischen und Lachen der Frau wieder hell auf; die Männerstimmen hallen dazwischen; der Lärm verklingt langsam nach unten.

Die Bühne bleibt noch einen Augenblick, nachdem Stille eingetreten ist, leer: dann fällt der Vorhang rasch.